AF469795

LA CRITIQUE
DES CRITIQUES
DU SALLON DE 1806.

LA CRITIQUE
DES CRITIQUES

DU SALLON DE 1806.

ÉTRENNES AUX CONNAISSEURS.

> Ne Sutor ultrà crepidam.

(par Girodet, peintre.)

A PARIS,

CHEZ FIRMIN DIDOT, IMPRIMEUR-LIBRAIRE,
RUE DE THIONVILLE, N° 10.
Et chez les Marchands de Nouveautés.

JANVIER 1807.

AVERTISSEMENT.

Beaucoup de gens aujourd'hui s'affichent pour connaisseurs dans les Beaux-Arts : mais peu d'entre eux ont assez de lumieres pour en bien parler. Dans le nombre de ceux qui en écrivent et en raisonnent mal, il est juste encore de distinguer ceux qui se trompent de bonne foi, et sans intention maligne, de ceux chez lesquels l'ignorance se trouve réunie à l'esprit de parti. C'est à ces derniers seulement que ce discours s'adresse ; il ne les corrigera pas, mais il éclairera le public, à qui il est bon de dire quelquefois la vérité.

LA CRITIQUE

DES CRITIQUES DU SALLON DE 1806.

HARDI réformateur des abus du Parnasse,
Jadis on vit Boileau, dans ses vers pleins d'audace,
Se soumettant lui-même aux plus austeres lois,
Donner et le précepte et l'exemple à la fois :
Rallumant le flambeau de la saine critique,
On le vit, décochant le sarcasme ironique,
Mais sans bile, sans fiel, et sans troubler l'état,
Venger le sens commun qu'outrageait plus d'un fat.
Atterrés des arrêts de sa muse sévere,
Ces griffonneurs ont vu leur renom éphémere,
Mourir même avant eux ; et, trompant leur orgueil,
Les rats de leurs écrits ronger le plat recueil.
Ce fut bien ; il fallait que justice en fût faite.
La sévere raison sourit de leur défaite :
Despréaux triompha : tout, d'un commun accord,
Bien qu'il fût l'agresseur, se rangea de son bord ;
Gens savants, gens d'esprit, gens de cour ; bref, la France.
  MAIS un sot, qui se croit un être d'importance,
Chrysologue en fait d'arts, dont l'esprit à l'envers
En raisonne, en discute, en juge de travers ;
Mais un fat envieux, qui lui-même se ronge,

Vrai miroir d'impudence, écho sûr de mensonge,
D'une plume brutale, exercée aux pamphlets,
Attaquant le talent qui dédaigne ses traits,
Dénigrant des beautés qu'en secret il admire,
Loin d'être eux-même en droit d'employer la satire,
Ne nous offrent-ils pas le burlesque tableau
De *Cotin* qui voudrait satiriser *Boileau :*
Et que saurait punir sa muse vengeresse?
Toutefois, sans fouler les rives du Permesse,
Sans être Juvénal, ou Perse, ou Despréaux,
On pourrait bafouer des méchants et des sots,
Et faire à maints rieurs parfois verser des larmes :
L'artiste provoqué peut, usant de ses armes,
Invoquant le génie et les pinceaux d'Hogarth,
Riposter trait pour trait, et brocard pour brocard.
Il le peut. Mais plutôt, qu'en sa noble vengeance,
Il oppose à leurs cris un dédaigneux silence;
S'il ignore leurs noms, qu'il les veuille ignorer,
Sûr que bientôt l'oubli viendra les enterrer.

Ainsi, marchez sans crainte, illustres Aristarques,
Grands hommes, si féconds en petites remarques;
Venez tous vous venger de ce profond oubli
Où chacun de vos noms s'enfonce enseveli;
Venez, le Muséum vous offre son arêne.
Je ne veux point y voir la sottise et la haine,
Qui, suivant tour-à-tour ou dirigeant vos pas,
Vont aux enfants des Arts livrer de durs combats;

Je ne veux point y voir, lançant ses traits dans l'ombre,
L'envie au double front, à l'œil faux, à l'air sombre:
Mais vous, jeunes rivaux, qui, d'un beau zele épris,
Entrez dans la carriere où s'illustra Zeuxis,
Réprimez cet amour d'une gloire immortelle:
La gloire est plus amere encor qu'elle n'est belle;
La gloire, qui, semblable au fruit trompeur d'Eden,
Sous des dehors flatteurs cache un subtil venin:
C'est un fantôme ardent, pareil au météore,
Dont l'éclat éblouit, mais consume et dévore.
Tout se vend ici bas, et la célébrité
Est de tous les faux biens le plus cher acheté.
Vos mânes, il est vrai, de votre renommée
Jouiront dans la tombe, alors qu'inanimée
La génération aura subi son sort.
On ne croit au talent que lorsque l'homme est mort.
Aujourd'hui le Poussin est un bien plus grand homme
Que feu monsieur Poussin quand il vivait dans Rome:
Son déluge, aujourd'hui vanté des beaux esprits,
Aurait pu, lui vivant, échouer à Paris;
Bien qu'en ce grand tableau, dit certain journaliste,
Il soit *Physicien* et même *Moraliste*.
Eh oui! que de Timanthe et de Parrhasius,
D'Apelle ou de Zeuxis des tableaux inconnus,
Veufs de leurs noms fameux, paraissent au Musée,
La cabale bientôt contre eux organisée
(Croit-elle leurs auteurs des artistes vivants)

Soudain déchirera ces chefs-d'œuvre savants :
Timanthe n'aura peint que l'excès des grimaces,
Mais Apelle sur-tout aura manqué de graces.
Ainsi consolez-vous si vos nobles travaux
Sont toujours en naissant dénigrés par les sots :
Qui prétend plaire à tous ne sait plaire à personne.

Mais, dussiez-vous trouver un public qui raisonne,
Jamais vous n'obtiendrez les suffrages de tous :
Divers sont les esprits, les passions, les goûts ;
Divers les intérêts, et divers les caprices :
Ce qui repugne à l'un, l'autre en fait ses délices ;
Le même objet produit la peine et le plaisir,
Et chaque homme, en un mot, a son art de jouir.

Les sots sont plus nombreux ; écoutons-en l'oracle.
Sur une *croûte* horrible il vient crier miracle ;
Justement étonné d'un si hardi travail,
Il porte jusqu'aux cieux un peintre d'éventail :
A Gros il le préfere, à Guérin ; David même
Au prix de son héros n'a qu'un coloris blême,
Un pinceau sans vigueur, un dessin languissant.
Le sot presse le sot ; l'un l'autre se poussant,
Près de leur digne chef le groupe se rassemble ;
Le troupeau se grossit ; ils parlent tous ensemble,
Tous renforcent la voix, tous pérorent des bras ;
Nul ne peut les entendre, eux ne s'entendent pas ;
Tel dit blanc, tel dit noir ; et de la même chose :
Où l'un voit un chardon, l'autre voit une rose.

C'est la tour de Babel, peut-être pire encor:
Mais pour l'écrivailleur tous ces gens parlent d'or.
  En les observant tous, bouffis de suffisance,
Pesant les concurrents au poids de leur balance,
A leur air mécontent, leur geste improbateur,
A leur nombre, à ce ton tranchant, déclamateur,
Dont ils vont déroulant leurs phrases admirables;
Morbleu! dit un bourgeois, voilà des gens capables!
C'est-là le vrai public. — Bonhomme, à moi, deux mots!
Pour former un public, combien faut-il de sots?
  Tel que le chiffonnier fouillant un tas immonde,
Et dont l'adroit crochet, dans sa hotte profonde,
Coup sur coup, fait jaillir maint sale et noir débris;
Tel, lambeaux à lambeaux, entassant ses écrits,
Le scribe clandestin d'une page insolente,
L'oreille au guet, l'œil fixe, et la bouche béante,
Recueille en ce chaos vingt propos insensés,
Qui, recousus sans choix, et sans ordre placés,
S'en vont à nos oisifs, à nos têtes fallotes
Servir d'amusement ou bien de papillottes.
Ils étaient le matin; le soir ils ne sont plus.
  Suivrons-nous ce docteur, nouvel *Olibrius?*
La tête haute et droite, en main son astrolabe,
Il répond ou par geste, ou par monosyllabe.
En foule, près de lui, nos sots vont se presser;
Car, s'il ne pense pas, il a l'air de penser.
Qu'il prenne un maintien grave, un air d'impertinence,

Un fat peut en public, avec pleine assurance,
(C'est un fait pour le sage étrange à concevoir,
Mais vrai pourtant) ; un fat, du matin jusqu'au soir,
Peut, je le dis encor, sans crainte et sans scrupules,
Débiter en public ses rêves ridicules.
Notre homme en est garant ; hardiment, au hasard,
A tort comme à travers, il raisonne de l'art.
Ecoutons-le : d'abord, sans céder au caprice,
Au mérite toujours il sut rendre justice ;
Mais il dut, ennemi des innovations,
Opposer une digue aux réputations
Qu'étendent de nos jours la folie et la mode.
Sot différent du sot qui de tout s'accommode,
Lui, se choque de tout, et son brusque entretien
Vous dit, de prime abord, qu'il n'est content de rien.
« S'ils voyaient ces tableaux *exhumés de l'histoire*,
« Que diraient feu de Troy, feu Vanloo, feu Natoire?
« On croit les surpasser, on en est loin encor ;
« Nous savons de l'or faux distinguer le bon or.
« Voyez nos peintres ; l'un, *sec, tranchant, dur, barbare*,
« *Veut être original*, *et n'est rien que bizarre ;*
« L'autre, *exagérant tout, formes*, *expressions*,
« *Donne dans la grimace et les convulsions ;*
« Tel, par *des tons bien cruds*, *sans nulle teinte grise*
« Transforme ses tableaux en vieux vitraux d'église.
« Ce n'était pas ainsi que travaillaient Bourdon,
« *Raphaël et Nattier*, *Guide et Dandré-Bardon*.

« Ah! si l'on m'écoutait, d'une seule parole
« Je voudrais à moi seul régénérer l'école;
« Mais l'école se perd, finit, n'existe plus;
« Partant, tous mes conseils deviendraient superflus.
BRAVISSIMO! « Monsieur à merveille raisonne »
Interrompt un quidam de la race moutonne.
« Et moi je pense aussi, pour de bonnes raisons,
« Que *nos peintres vivants vont tous à reculons*,
« Du *moins ceux dont ici j'aperçois les ouvrages.*
« Jadis ils s'y montraient avec plus d'avantages,
« Ils recherchaient *le goût*, *parfois le sentiment;*
« Mais aujourd'hui! *cela vous fait pitié*, *vraiment.*
« Ces messieurs *font du neuf*, *prétendent au génie :*
« *Leur génie*, *eh! qu'est-il? Ce qu'il est : la manie*,
« *L'orgueil de se frayer des chemins peu battus.*
« Les voilà *parcourant des pays inconnus*,
« Où souvent dans *le vague* ils vont faire naufrage :
« Je préfere cent fois l'artiste simple et sage,
« Qui, dans la même orniere et les mêmes sentiers,
« Suit tous les mêmes pas de ses bons devanciers.
« Dans ce siecle *les arts font bien peu pour la gloire.*
« *Passe le genre encor, mais l'histoire? ah! l'histoire!*
« *La mollesse et le manque absolu de chaleur*,
« *Oui, sont à préférer à l'excès de vigueur*
« *Qui distingue aujourd'hui tel crayon historique.*
« Selon moi, c'est ainsi que le genre énergique
« Doit être manié pour avoir des succès;

« Autrement, je le dis, il n'en aura jamais.
« On a trop oublié Boucher et sa maniere,
« Celle de *Michel-Ange est trop grande, trop fiere*,
« Il faut la modérer : la modération
« Sied bien à la peinture ainsi qu'à la raison :
« Un dessin trop nerveux épouvante ma vue,
« Un coloris trop chaud me donne la berlue ;
« Mais *le choix d'un sujet est important sur-tout ;*
« L'artiste là fait voir s'il est homme de goût ;
« *C'est-là que je l'attends. S'il n'est tiré d'Homere,*
« *D'Ovide ou de la Bible*, *un sujet doit déplaire.*
« *Qu'offrent ceux du Sallon, la plupart inconnus ?*
« C'est la mort d'Annibal, *les ruses de Vénus*,
« C'est Cimon, Miltiade, Aspasie, *Aristide*,
« Raphaël, Duguesclin, Socrate, *Léonide*,
» La Valliere et Louis, Henri, *Massinissa,*
« Tous gens très-ignorés, qu'on n'attendait point-là.
« Moi, j'aime un sujet doux plus qu'un sujet tragique ;
« Mais plus que tous je hais tout sujet pathétique :
« Que vient-on m'étourdir *de pitié, de terreur ?*
« Mots opposés entre eux, qu'autrefois mon rhéteur
« Souvent me répétait, trop souvent ce me semble,
« Et toujours s'obstinant à me les coudre ensemble.
« Puis-je donc éprouver, dans les mêmes moments,
« Deux contraires effets, deux divers sentiments ?
« Quand je suis attendri, je suis exempt d'allarmes,
« Et, quand j'ai peur, j'ai peur sans répandre de larmes.

« Mes nerfs sont agacés, lorsque l'expression
« Va jusqu'à me causer la moindre émotion.
« *Quelquefois, s'éloignant de la simple nature,*
« *Les maitres s'élevaient, mais sans caricature.*
« *J'éprouve un calme heureux, un pur ravissement,*
« *Une profonde joie, un doux recueillement,*
« *Une admiration bienfaisante et durable;*
« Soit lorsque *le Sueur*, ce peintre inimitable,
« Et l'égal des anciens, par de sublimes traits
« Me dépeint un bourreau, qui, déchirant Gervais
« Sous les coups redoublés des lanieres tranchantes,
« Arrache des lambeaux de ses chairs palpitantes;
« Soit quand *Dominiquin* me figure avec art
« Cet infâme bourreau plongeant un long poignard
« Dans le cou blanc d'Agnès, cette vierge si pure;
« Et le sang qui jaillit de sa large blessure :
« Où lorsque de *Guido* le crayon érudit
« Me présente Holopherne égorgé par Judith;
« Et sa tête effroyable et de sang dégouttante,
« Qui tombe au fond d'un sac encor demi-vivante;
« Enfin quand *Raphaël* peint de Félicité
« L'un des fils expirant, l'autre décapité,
« Et leur mere qui cuit dans une huile bouillante;
« Goliath renversé, que, de sa main vaillante,
« Le berger de Juda s'apprête à mutiler;
« Le sang des innocents que je crois voir couler;
« De Maxence vaincu les bandes fugitives,
« Et ses guerriers, du Tibre ensanglantant les rives.

« *J'éprouve un calme heureux, un pur ravissement,*
« *Une profonde joie, un doux recueillement,*
« *Une admiration bienfaisante et durable.*
« Sur-tout quand *Poussin* m'offre, en un groupe admirable,
« Un enfant au berceau, qu'écrase sous son pié
« Un atroce soldat, dont le bras sans pitié
« Le perce en l'arrachant à sa mere tremblante,
« Qui frémit de douleur, de rage et d'épouvante.
« *J'éprouve alors, j'éprouve un pur ravissement,*
« *Une profonde joie, un doux recueillement,*
« *Une admiration bienfaisante et durable,*
« *Et cette volupté concentrée, ineffable,*
« *Qui n'est point ce léger et frivole plaisir*
« *Dont nous fait quelquefois, mais rarement jouir,*
« *Une difficulté, si l'on veut, surmontée,*
« *Et dont l'ame est surprise encor moins que heurtée.*

« De ces sujets *choisis* tranquille admirateur,
« Je les ai vus; jamais ils n'ont froissé mon cœur.
« Chacun d'eux cependant ne m'offre que des crimes,
« Qu'instruments du trépas, que bourreaux et victimes,
« Fanatisme, folie, erreurs, guerres, combats,
« L'homme coupable enfin des plus noirs attentats.
« Ces peintres, *s'ils vivaient*, me paraîtraient blâmables;
« *Ils sont morts*, donc il sont *en tout point admirables.*
« Nos anciens ont tout dit, ont tout fait pour le mieux;
« Nos aïeux, gens d'esprit, n'ont que de sots neveux;
« Excepté vous et moi. Car, qu'un sot public juge
« Que l'on peut *regarder* ce tableau de Déluge,

« Moi pourtant, qui n'ai point un cœur fait de rocher,
« On ne m'a point surpris à m'en laisser toucher.
« Je sais qu'on n'y voit point l'épouvantable image
« D'un bourreau, de sang froid dépêchant son ouvrage;
« Je sais qu'on n'y voit point en lâche trahison,
« Ni le glaive assassin, ni le subtil poison,
« Hâter vers le tombeau ces mortels misérables,
« Que leur danger commun rend plus inséparables;
« Les éléments troublés causent seuls leur malheur :
« Cependant je *ne puis les fixer sans horreur.*
« Pourquoi donc? Le voici. » Sur ce rocher sauvage,
Où se brisent les flots, sur qui gronde l'orage,
Que, de nuit, aux lueurs des livides éclairs,
Haletant, et penché sur l'abyme des mers,
Un mortel jeune encor, courbé sous son vieux pere,
Retarde le trépas de ses fils, de leur mere,
A son bras suspendus; et, qu'embrassant l'un d'eux,
La mere offre à l'aîné l'appui de ses cheveux;
Que le vieillard, qui craint la misere importune,
D'une main prévoyante ait sauvé leur fortune;
Et que l'époux, tremblant sous un pénible effort,
Rompe l'arbre fragile où s'attachait leur sort :
« *Je ne vois qu'égoïsme en ce tableau barbare:*
« *L'époux grince des dents, l'aïeul est un avare,*
« *L'enfant est un vaurien qui battrait sa maman,*
« Et, bien que tourmenté par la vague et le vent,
« Cet homme vigoureux, au bord du précipice,
« *Est un vrai saltimbanque à qui la jambe glisse.*

« Ah ! j'oubliais de dire, et je viens d'y songer,
« Que le plus jeune enfant, *ignorant le danger,*
« Ne doit ni *s'agiter ni répandre une larme.*
« Et voilà ce tableau qui fait tant de vacarme !
« Que l'auteur, si l'on veut, *ne soit pas sans talents,*
« *Soit... je le crois... peut-être... un jour... avec le temps,*
« *Il pourrait n'être point un artiste vulgaire ;*
« *Mais, pour y parvenir, il a beaucoup à faire ;*
« *Oui, beaucoup, mais beaucoup, certainement beaucoup.*
« Je vais plus loin ; ici je vais *lui dire tout.*
« *Je voudrais le louer, mais qu'un autre le flatte ;*
« *Depuis l'Endymion et depuis l'Hippocrate,*
« *Et l'esprit d'Ossian perdu dans son brouillard,*
« *Qu'ont produit ses pinceaux d'intéressant pour l'art?*
« *Peu de chose.* Il nous donne enfin *ce noir mélange*
« *D'objets tous effrayants, calqués sur Michel-Ange.*
« *Mais qu'il fasse un tableau qu'on puisse célébrer ;*
« *Ce n'est point son talent que je veux admirer.* »

A ce discours, lecteur, répondez, je vous prie ?
Hé quoi ! me dites-vous, chacun a sa folie.
Laissons donc celui-ci trancher du connaisseur.

Hatons-nous d'écouter un nouvel orateur...
Mais qu'entends-je ? et que veut tout ce groupe en alarmes ?
Vîte un flacon d'éther ! vîte un rouleau des Carmes !
C'est Zoë qui *se meurt :* car, elle vient de voir,
En *passant seulement, presque sans le vouloir,*
Cet homme aux *yeux tournés, hagards, aux dents grinçantes.*

On vole à son secours : mille mains obligeantes
S'offrent pour la servir; près de ce bel objet,
Fatencourt de son trouble accuse Girodet.
Vraiment ce Girodet a l'ame par trop dure!
Exposer en public une telle peinture!
C'est vouloir, sans égard pour leur complexion,
Faire accoucher de peur les femmes au Salon.

MAIS rejoignons notre homme, observons-le en silence;
Il se mouche trois fois, trois fois crache, et commence.

« MESSIEURS, que pensez-vous de ce *vaste tableau*,
« Que le public paraît, *malgré moi*, trouver beau;
« Je ne mesure point les peintures à l'aune;
« Dans celle-ci je vois *un grand fracas de jaune*,
« *Et de rouge, et de bleu, de violet, de vert;*
« *Mais ne trouvez-vous pas qu'il y manque de l'air;*
« *Tout ici vient à l'œil d'une maniere dure*,
« *Je veux voir un brouillard autour de la peinture;*
« *A mes yeux éblouis en vain aura brillé*
« *De mille et mille fleurs un parterre émaillé*,
« *On laisse se pâmer devant ses renoncules*,
« *L'amateur qui s'épuise en transports ridicules.*
« *Jeunes maîtres, à vous s'adressent mes leçons;*
« Apprenez-donc de moi comme on forme les tons :
« Peignez vous un *ton rouge*, il faut qu'il *soit verdâtre;*
« Formez-vous un *ton verd*, mêlez-y *du rougeâtre.*
« L'air est *un grand miroir :* chaque objet tour-à-tour
« Renvoie au corps voisin sa couleur et son jour.
« *La nature jamais à notre œil qu'elle éclaire*

2.

« *N'offre le vif éclat d'un arc-en-ciel en terre.*
« *Comme dans les forêts, en vides inégaux,*
« *Dispersés, ordonnés en groupes, en repos,*
« *Les arbres réunis* mêlent leur chevelure
« Par l'effet du hasard qui n'est que la nature :
« *La nature, qui n'est que l'effet du hasard,*
« *De même doit fixer, par les regles de l'art,*
« *L'effet, le mouvement et la marche incertaine*
« *Qu'offrent des cavaliers se choquant dans la plaine.*
« C'est alors que l'art brille et triomphe partout.
« Mais voyons ce tableau de l'un à l'autre bout.

Formés en bataillons, sur la mouvante arêne,
Des Français valeureux, que leur ardeur entraîne,
Sous les yeux du Héros qui les guide aux combats,
Font rouler dans la poudre et coursiers et soldats.
On croit ouïr les cris que la pâle Bellone
Arrache aux combattants que le glaive moissonne;
On se croit transporté sur ce sable brûlant
Où nos drapeaux vainqueurs ont vu fuir le croissant:
Ici Duvivier tombe; heureux et magnanime,
Là, Baumont à Guibert immole une victime;
Des milliers de turbans soudain couvrent les flots;
Plus loin l'Anglais frémit et bénit ses vaisseaux.
« J'admire, si l'on veut, cette scene imposante;
« Que son dessin soit ferme, et sa couleur brûlante,
« La touche aisée et large, et l'effet vigoureux.
« Eh! que m'importe à moi? *L'effet blesse mes yeux.*
« Quoique l'astre du jour de toutes parts l'éclaire,

« Je ne voudrais y voir qu'*un seul point de lumiere*,
« Comme *on dit* que toujours a pratiqué *Rembrant*.
« Je le répete encor, *le ton est trop brillant :*
« Et, dût-on m'appeler Ostrogoth ou Vandale,
« *Son éclat me séduit moins qu'une couleur sale.*
« En vain, ce Turc sanglant, aux terribles regards,
« D'une main indignée arrête ces fuyards ;
« En vain, sauvant l'honneur et la vie à son pere,
« Ce fils, du fier vainqueur désarmant la colere,
« Noblement suppliant, lui rend, sans déshonneur,
« Le fer qui de son chef put trahir la valeur :
« Moi, de son beau coursier tombé sur la poussiere
« A peine *j'entrevois* la jambe ou la criniere.
« J'ai d'abord cette faute *avant tous* remarqué.
BRAVO*, grand critiqueur,* c'est fort bien *critiqué.*
Fiers censeurs, à mon tour daigneriez-vous m'entendre?
L'HISTOIRE dit qu'un jour le peintre d'Alexandre
En public exposait un chef-d'œuvre nouveau.
En silence caché, tout près de son tableau,
Apelle écoutait tout, desireux de s'instruire :
Les éloges pleuvaient, non sans quelque satire.
« Ici le peintre a fait une grossiere erreur,
Dit lors un cordonnier, tranchant du connaisseur ;
« Comment a-t-il manqué la chose principale ?
« Est-ce ainsi qu'il fallait me peindre une sandale? »
Apelle alors paraît, approuve ses raisons ;
De sa faute assuré, ressaisit ses crayons,
Docile, en un clin-d'œil reforme son ouvrage.

Le cordonnier, tout fier, poursuit son avantage,
Veut critiquer la jambe, ainsi que le soulier :
« Alte-là, dit Apelle ; à chacun son métier :
« Borne-toi, cordonnier, à parler de chaussure. »
 Censeurs, Apelle ainsi censurait la censure :
Apprenez à douter. Vous eussiez dû savoir
Que pour parler peinture il faut au moins la voir.
 Mais, l'heure du repas éclaircissant la foule,
Le public du sallon sort enfin et s'écoule ;
Nos censeurs lâchent prise, et s'en vont tous dîner.
Au milieu des flacons on aime à raisonner :
Sur le tapis bientôt on a mis la peinture ;
C'est-là qu'il faudrait voir mainte caricature !
Là, d'un ton doctoral, on juge sans appel
Tous les maîtres fameux, *y compris Raphaël.*
On y loue à regret le trop grand Michel-Ange ;
Du bien qu'on dit de lui la critique se venge ;
Plus d'un peintre vivant est là pour l'égayer :
Le vivant pour le mort en tout temps dut payer.
Selon son bon plaisir, l'exclusive cabale
Les porte aux cieux, ou bien à terre les ravale ;
Elle les pese tous, fixe, *sans passion*,
D'un mot, et pour jamais, leur réputation.
Artistes, pensez-y, le cas est d'importance.
Vous riez ! Savez-vous quelle est son influence ?
Attendez, et bientôt un *honnéte journal*
Viendra vous régenter d'un style magistral.
S'il en est qu'on protege, il en est qu'on immole ;

Pour ceux-ci l'on adopte un certain protocole;
On les vante d'abord; bientôt changeant de ton,
Le dernier mot qu'on dit est d'improbation :
C'est celui-là qui reste; on le sait bien d'avance.
C'est ainsi qu'un méchant semble user de clémence.
Feint-il de vous louer? dans ses discours, les *mais*,
Les *si*, les *cependant* ne tarissent jamais.
A l'entendre parler, c'est *au fond de son ame*,
Pour le seul bien de l'art, qu'il censure ou qu'il blâme:
Il frappe à coup plus sûr, assassine avec art,
Et poliment du moins *enfonce le poignard*.
Un autre plus hardi, vous jugeant sur parole,
Sans forme de procès vous renvoie à l'école;
Et, brûlant du desir de vous humilier,
Nous vante impudemment l'essai d'un écolier.
   Courage, mes amis, bon, ferme encor; la France
Vous devra le tribut de sa reconnaissance;
Oui, vous aurez de l'art hâté les grands progrès,
Je vais vous en signer, pour ma part, les brevets.
   Mais laissons ces messieurs délirer, et mal dire.
Un honnête censeur abhorre la satire;
C'est l'amour seul de l'art qui sait le diriger,
Et non l'affreux projet de nuire ou d'affliger.
Sourd aux discours des sots, sourd aux cris de l'envie,
Sa voix par l'intérêt n'est jamais avilie;
Comme il pense, il s'exprime; et sans malignité
Il sait faire en tout temps parler la vérité.
De ceux même qu'il blâme il a conquis l'estime;

Un succès mérité pour lui n'est point un crime ;
Et celui qui l'obtient, fût-il son ennemi,
Il saura le louer comme il loue un ami.
Il ne sait point, pour plaire à des brigues rivales,
Leur prêter le secours de ses phrases brutales ;
Et dans ses jugements, qu'il ait tort ou raison,
Ses mots sont mesurés, son style est du bon ton ;
Il n'y distille point l'amerture et la bile ;
Son but est d'éclairer, son desir d'être utile :
Ses écrits ne sont pas ceux d'un vil détracteur,
Il peut les signer tous ; ils partent de son cœur.
Sans doute on en connaît de ces nobles critiques
Qui ne sont ni flatteurs, ni mordants satyriques ;
Mais l'espece en est rare ; et, si nous les perdons,
Je ne sais plus comment nous les remplacerons.

NOTES.

(Page 7, vers 8.)

Mais un sot qui se croit un être d'importance,
Chrysologue en fait d'arts, dont l'esprit à l'envers,

Chrysologue toujours opine,
C'est le vrai grec de Juvenal,
. . . .
. . . .
Chrysologue est tout et n'est rien.

J.-B. Rousseau.

Mais un fat envieux qui lui-même se ronge,
Vrai miroir d'impudence, écho sûr de mensonge,
D'une plume brutale . . . .

A quelle autre espece de gens pourrait-on attribuer tous ces petits pamphlets anonymes, ceux par exemple que l'on distribue ordinairement à la porte du Muséum, lors de l'ouverture du sallon, et qui sont presque toujours dirigés contre les ouvrages qui paraissent le plus fixer l'attention du public?

« — Laissons l'âne montrer ses oreilles en paix :
« Quel mal peut-il vous faire ? et quel si grand désordre ?....
« — Quel mal il peut me faire ! il peut ruer et mordre.
« Ces sots sont *des méchants* : lâchons-le, je le veux,
« Ce secret, qui n'est plus un secret que pour eux. »

(Epître de Pope *au doct.* Arbuthnot. *Trad. de* M. de Lille.*)*

(Page 8, vers 13.)

L'artiste provoqué peut, usant de ses armes,

Michel-Ange n'a point mal mérité de son siecle ni de la postérité pour avoir peint, avec des oreilles d'âne et au milieu d'une troupe de diables, dans son fameux Jugement dernier, Monsignor Biagio de Cesenne, maître des cérémonies, qui invité par le pape Paul III, à dire son avis sur cette peinture, répondit brutalement, même en présence de Michel-Ange, que ce tableau lui paraissait plus digne de figurer dans une étuve ou dans un auberge, que dans la chapelle du Pape. Biagio, humilié, supplia en vain le Saint-Pere d'obliger Michel-Ange d'effacer son portrait ainsi allégorisé. *Il Papa rispose al monsignore che se fosse stato messo in Purgatorio vi sarebbe qualche rimedio; ma n'ell' inferno*, NULLA EST REDEMPTIO. — Le Pape répondit au *monsignore* que si l'artiste l'avait placé en Purgatoire, il y aurait quelque moyen de l'en tirer; mais qu'une fois en Enfer, on n'en sortait pas.

On voit encore aujourd'hui le *monsignore* qui, depuis environ 300 ans, figure dans un des coins de cette grande composition.

(Page 8, vers 14.)

Invoquant le génie et les pinceaux d'Hogarth.

Tout le monde connaît, sinon les ouvrages, du moins le nom d'Hogarth. Ses compositions pétillent de génie et d'esprit; ses pinceaux, souvent guidés par l'amour de l'humanité, aimaient à retracer des scenes capables de lui servir de leçons. *Malheureux, n'as-tu point vu les estampes d'Hogarth!* est un mot célebre, devenu proverbe. Son pinceau a bafoué les ridicules; il a rendu odieux les vices et les crimes. C'est plus qu'il n'en faut qu'un pareil talent pour être calomnié par ses contemporains dans un siecle corrompu, et justifié par la postérité, quelles que soient ses mœurs.

(Page 9, vers 17.)

Aujourd'hui le Poussin est un bien plus grand homme
Que feu Monsieur Poussin quand il vivait dans Rome.

Personne n'ignore que ce n'est qu'à force de mérite, de temps et de courage, que le Poussin est parvenu à vaincre l'infortune et l'envie. Après avoir quitté la France, par le seul desir de se perfectionner dans son art; il se trouva obligé à Rome de donner ses ouvrages à vil prix, afin de subsister. Enfin ses talents, secondés par un travail assidu, lui procurerent une célébrité méritée, et une fortune conforme à ses desirs, parce qu'il avait peu de besoins. Il jouissait de cette position heureuse qu'il ne devait qu'à lui-même, lorsque les ordres pressants et réitérés de Louis XIII le rappellerent dans sa patrie. Il quitta Rome avec regret et en pressentant les dégoûts dont il devait être abreuvé. En effet, malgré la réception distinguée dont le Roi l'honora, le titre de premier peintre dont il fut décoré, et les autres faveurs dont la fortune parut le combler, comme si elle eût pris à tâche de le dédommager de ses injustices, le Poussin, à peine arrivé, fut tellement traversé par les envieux de son mérite, de son crédit, et de la place qu'il n'avait acceptée que malgré lui, qu'après un court séjour en France il se hâta de retourner à Rome sous le prétexte d'aller chercher sa femme, qu'il y avait laissée, mais en effet dans l'intention de s'y fixer pour toujours. La mort du Roi favorisa son projet. Dès-lors il ne quitta plus la capitale des arts, et il y acheva enfin sa carriere, emportant avec lui les regrets qu'inspiraient ses vertus, et laissant sa patrie héritiere de la gloire qu'il avait acquise dans une terre étrangere; il fut sans contrédit le plus grand artiste de son siecle, et son siecle ne l'ignora point; mais ce ne fut que long-temps après sa mort, et même de nos jours, depuis l'heureuse révolution qu'a subie la peinture, que les mânes de ce grand peintre ont pu recevoir l'hommage entier d'admiration que commande son génie immortel.

(Page 9, vers 21.)

Bien qu'en ce grand tableau, dit certain journaliste,
Il soit physicien et même moraliste.

Tout le monde connait le Déluge du Poussin, et tout le monde était d'accord de son mérite, avant même qu'on eût voulu nous faire croire que dans ce tableau l'artiste s'était *montré moins peintre que physicien et moraliste.* Nous avons autant d'admiration pour ce chef-d'œuvre, que peut en avoir le Critique qui a énoncé cette opinion, pour le moins fort étrange. Nous doutons cependant, quoique nous ne soyons pas physiciens, qu'au travers des nuages noirs et des brouillards épais dont le Poussin a obscurci le ciel de son tableau, il ait pu, sans s'éloigner de la vérité, faire apercevoir le disque du soleil net et distinct, quoique voilé, tandis qu'il n'est personne qui n'ait observé que le plus léger brouillard suffit le plus souvent pour en effacer les contours, si même il ne fait pas disparaître l'astre tout-à-fait. Nous venons de parler du Poussin avec un respect, qui ne permettra point de douter de la profonde estime que nous inspirent les conceptions hardies de ce grand homme ; mais nous croyons devoir répéter ici ce mot si connu, d'après un ancien, *amicus Plato, magis amica veritas.*

Voici les paroles du Critique : « Le Poussin a fait un tableau « du Déluge, moins comme *peintre* que comme *physicien et* « *moraliste*, et ce tableau est resté le chef-d'œuvre de l'art ». (Feuilleton du Publiciste, du 19 septembre 1806).

Il reste donc clairement démontré (selon le Critique), que le Poussin n'aurait fait de son Déluge un chef-d'œuvre de *peinture*, que parce qu'il s'y serait montré *moins peintre que physicien et moraliste*....

(Page 12, vers 22.)

L'autre exagérant tout, formes, expressions,
Donne dans la grimace et les convulsions.
Tel par des tons bien cruds, sans nulle teinte grise,
. . . .

« On se sent tout-à-coup comme ébloui par un mouvement « exagéré dans les formes et l'expression des têtes ; on voit bien « tout de suite, sans *avoir examiné aucun ouvrage*, que la ten» ture du sallon est changée ». (Feuilleton du Publiciste du 2 octobre 1806).

Il nous paraît difficile de juger de la correction des formes et de l'expression des têtes, avant *d'avoir examiné aucun ouvrage*, à nous qui pensons bonnement que plusieurs examens, et faits par des gens instruits, ne suffisent pas toujours pour asseoir avec certitude un jugement équitable sur certaines productions des arts. Mais le Critique paraît avoir reçu du ciel le don d'une divination rapide et sûre. Admirons-le sans oser le suivre.

« L'école française n'a jamais été distinguée par le coloris,

« *mais il semblerait que maintenant elle décheoit encore* sous « ce rapport ». (Même feuilleton).

De quelle époque de l'école française le Critique veut-il parler? est-ce de l'école du temps du Poussin et de Lebrun, ou de celle du temps de Boucher? Car il faut les distinguer pour s'entendre. Nous croyons, sauf meilleur avis, que l'école française actuelle peut au moins rivaliser pour le coloris avec la premiere, si même elle ne la surpasse. Quant à la seconde, je ne ferais point l'injure à nos peintres vivants de la leur comparer.... Cependant je m'abstiens de toute opinion tranchante, à l'exemple du Critique qui m'apprend à douter.

« La composition n'a pas non plus beaucoup gagné, elle a « peu de simplicité.... les autres.... demandent à la peinture « ce qu'elle ne peut pas donner, ils exagerent l'expression des « têtes, les mouvements des figures.... Personne n'a un génie « de composition propre et particulier, chacun veut imiter « quelque chose.... l'un fait un tableau dans le style gothi- « que.... ni le peintre ni l'école n'ont un cachet original.... « c'est le vice du temps.... les facultés créatrices sont éteintes». (Même feuilleton).

On a peine à concilier ces phrases avec celle-ci, du même Critique, même feuilleton, colonne premiere, ligne quatorze et suivantes. « Je ne prétends pas affaiblir les justes sentiments « d'estime qui sont dus à plusieurs de nos habiles artistes. « Ils ont *régénéré* l'école française. C'est grace à leurs efforts « qu'on peut même assurer qu'il n'y a aujourd'hui en Europe « de véritable école de peinture qu'à Paris. Mais les jeunes gens « qui aspirent en ce moment à succéder à la renommée de leurs « maîtres, paraissent attacher peu de prix aux modeles que « ces maîtres ont laissé ».

Que signifient ces dernieres paroles, comparées avec celles qui précedent? le voici. Le Critique pense que *nos jeunes peintres*, (ce serait ici le lieu de lui demander ce qu'il entend *par jeunes peintres*, et si, quoique le Sueur et Raphaël soient morts l'un à 38 ans, l'autre à 37, il ne les regarde l'un et l'autre que comme *de jeunes peintres*, comparés par exemple à Jean-

François de Troy, qui vécut jusqu'à 72 ans, ou à Pierre-Jacques Cazes, qui mourut à l'âge de 78 ans). Mais ne nous écartons point; le Critique pense, disions-nous, que *nos jeunes peintres veulent se frayer une route nouvelle, et qu'ils ont le tort de ne point copier la maniere de leurs maîtres.* Et plus haut il se plaint que chacun *veut imiter, et que personne d'entre eux n'a un génie particulier, un cachet original.*

(Page 12, vers 26.)

Ce n'était pas ainsi que travaillaient Bourdon,
Raphaël et Nattier, Guide et Dandré-Bardon.

Ce rapprochement de Raphaël avec Nattier, du Guide avec Dandré-Bardon, pourra surprendre quelques personnes; mais nous les prions de considérer qu'il n'y a rien de plus nuisible au progrès des arts, que l'esprit d'enseignement intolérant, et l'admiration exclusive. Plusieurs sentiers conduisent à la gloire. « *Michel-Ange et Vatteau sont deux grands hommes* », disait en badinant un de nos habiles peintres, homme de beaucoup d'esprit. Notre Critique va plus loin; il prend au sérieux cette opinion, qui, pour n'avoir pas été encore imprimée, du moins à notre connaissance, n'en est pas moins une excellente leçon pour *nos jeunes peintres :* nous ne saurions donc trop les engager à la méditer.

(Page 13, vers 7.)

Et moi je pense aussi, pour de bonnes raisons,
Que nos peintres vivants vont tous à reculons.

« Ce qui l'intéresse (le public), c'est de savoir si l'esprit « général de l'école a *pris une direction plus élevée*, si on a « mieux *suivi la nature* : Si plus de discernement regne dans *le* « *choix des sujets*, plus *de goût* dans celui *des objets ;* si les « grandes lois *de la simplicité, de l'ordre, de l'harmonie, de* « *la beauté et de la vérité*, sont mieux connues et mieux ob- « servées. Sous ce point de vue, je crains bien que l'école « française moderne ne nous offre encore que des résultats « peu satisfaisants ». (Feuilleton du Publiciste, du 4 octobre).

Le choix des sujets, l'esprit de l'école, et le goût des objets, et les grandes lois de la simplicité, de l'ordre, de l'harmonie, de la beauté et de la vérité, etc.; tout cet étalage nous paraît, sous la plume comme dans l'entendement du Critique, *verba et voces, prætereaque nihil.*

(Page 13, vers 21.)

Dans ce siecle les arts font bien peu pour la gloire,
Passe le genre encor; mais l'histoire! ah! l'histoire!!!

« Il y a des gens qui, après *s'être affligés* comme nous *du peu* « *de succès* de nos peintres d'histoire, etc..... Mais s'il est des « époques où les beaux-arts *font peu de chose pour la gloire,* « pourquoi ne pas accepter la consolation qu'ils (les peintres « de genre) nous offrent, en s'occupant avec succès de nos « plaisirs ». (Feuilleton du Publiciste, du 22 octobre).

Si le Critique a été *affligé*, comme il le dit, nous croyons que ce n'est pas *le peu de succès de nos peintres d'histoire* qui a causé *son chagrin.*

(Page 13, vers 23,)

La mollesse et le manque absolu de chaleur,
Oui, sont à préférer à l'excès de vigueur,
Qui distingue aujourd'hui tel crayon historique.

« Ce caractere (de douceur et de grace, particulier au ta- « lent de nos femmes artistes), est d'autant plus remarquable « aujourd'hui, que les défauts où il peut les faire tomber, LA MOL- « LESSE et le MANQUE ABSOLU DE CHALEUR, deviennent presque « DES QUALITÉS par l'excès des défauts opposés dans les ou- « vrages des hommes ». (Feuilleton du Publiciste, du 22 octobre 1806).

LA MOLLESSE ET LE MANQUE ABSOLU DE CHALEUR, qui deviennent DES QUALITÉS à cause DE L'EXCÈS DES DÉFAUTS OPPOSÉS!

Voilà de ces opinions en apparence paradoxales, mais qui n'en sont que mieux établies, lorsque l'on est parvenu à les démontrer; et, si ce n'est pas précisément ce qu'a fait le Critique, au moins doit-on convenir qu'il y a dans sa maniere d'exposer son système une grande force de séduction. Nous pourrions dire de lui ce que cet Athénien disait d'un homme célebre par son éloquence, *lorsque je lutte avec lui et que je l'ai terrassé, il me prouve si bien que c'est moi qui suis vaincu, que je suis obligé de le croire.*

Le lecteur pourra remarquer ici, dans le Critique, un *judicium superbissimum* (*) très-profond, et sur-tout beaucoup de clarté.

(Page 14, vers 8.)

Mais le choix d'un sujet est important sur-tout,
L'artiste là fait voir s'il est homme de goût,
C'est-là que je l'attends. . . . .

« Le choix des sujets d'histoire, exposés au sallon, suffirait « seul pour prouver que la plupart de nos artistes *ignorent ou « méconnaissent les vrais principes de l'art.* Ils ne les puisent « ni dans la Bible, ni dans Homere, ni dans Ovide; ils vont « chercher dans l'Histoire ou dans la Mythologie les sujets les « moins connus. C'est Massinissa retrouvant Sophonisbe à la « prise de Cirthe; Aristide prêt à mourir de faim avec ses en- « fants; Chélonis sauvant Cléombrote de la colere de Léonidas; « Poppa suçant la plaie empoisonnée de Rollon; une super- « cherie dont use Vénus à l'égard de Diane. . . . » (Feuilleton du Publiciste, du 4 octobre).

Nous pensions qu'il suffisait que le sujet d'un tableau fût moral, pathétique ou seulement agréable, tel que le sont ceux dont on vient de lire l'énumération, pour qu'il dût intéresser le public; mais le Critique nous apprend ici qu'il est indispensable à l'artiste qui veut atteindre ce but, de ne traiter que des *sujets usés*, et sa raison en est, que tous les peintres illustres se sont plûs, (selon lui), à répéter les mêmes sujets. Comme il montre de la prédilection pour les sujets de la Bible, et en général pour tous les sujets qui ont été souvent répétés, il a dû être affligé de ne point voir au sallon un Christ en

(*) M. le Critique reconnaîtra cette expression.

croix, et le sang qui ruisselle de sa tête déchirée d'épines, de ses mains, de ses pieds percés d'outre en outre par des gros clous, et de son côté entrouvert par le large fer d'une lance; il a dû regretter de n'y point voir le diacre Étienne assommé à coups de moëllon; Saint Pierre cloué sur une croix, la tête en bas; Saint Laurent brûlé vif sur un vaste gril, sous lequel est allumé un énorme brasier; Saint Sébastien attaché à un arbre et criblé de flèches; Saint Gervais et Saint Protais, insultés, garottés, flagellés et décapités; Holopherne dont la tête tombe sous le fer de Judith : sujets tous répétés par les plus illustres artistes; enfin ceux qui, dans Homere et Ovide, n'offrent que des scenes sanglantes, atroces ou criminelles, dont la peinture s'est depuis long-temps emparée.

(Page 14, vers 17.)

Tous gens très-ignorés qu'on n'attendait point-là.

Qui jamais entendit parler de *Sophonisbe*, de *Massinissa*, d'*Aristide*, de *Diane*, de *Vénus*, etc.? Homere, la Bible et Ovide n'ont rien dit de *Massinissa* ni d'*Annibal*. Le Critique a raison. Ces personnages ne peuvent offrir que les *sujets les moins connus*. Autant vaudrait en puiser dans l'histoire du Congo ou dans celle des habitants de la Lune.

(Page 15, vers 3.)

Quelquefois, s'éloignant de la simple nature,
Les maîtres s'élevaient, mais sans caricature.

« Ces grands hommes (Raphaël, Dominiquin, etc.) ne s'é-
« loignaient de la nature commune, que pour s'élever au-
« dessus d'elle, nos peintres l'abandonnent pour l'outrer ».
(Feuilleton du 4 octobre).

Ce passage dit clairement que ces grands maîtres cherchaient le *beau idéal*, et que nos peintres vivants cherchent le *laid idéal* : c'est-à-dire, à rassembler dans chaque objet individuel les caracteres les plus marquants de la laideur. Telle est, selon le critique, la marche actuelle et le but des travaux de notre école.

(Page 16, vers 1.)

J'éprouve un calme heureux, un pur ravissement,
Une profonde joie, un doux recueillement.

« Il en résulte (du choix des sujets des peintres vivants) « quelquefois une certaine surprise, et ce genre *de plaisir bien* «*frivole, que donne le mérite de la difficulté vaincue*, mais « jamais ou presque jamais *ce doux recueillement, cette vo-* « *lupté intérieure*, cette admiration *calme, bienfaisante et du-* « *rable*, que l'on goûte devant les tableaux de *Raphaël*, du « *Dominiquin*, de *Guide*, du *Poussin*, de *le Sueur* ». (Feuilleton du Publiciste, du 4 octobre).

Les amateurs pourront essayer de faire naître en eux ces sentiments, en allant admirer au Musée Napoléon le *martyre de Saint Gervais et de Saint Protais* par LE SUEUR, le *martyre de Sainte Agnès* par LE DOMINIQUIN. Ils pourront, au cabinet des estampes de la Bibliotheque Impériale, jeter un coup-d'œil sur l'estampe à l'eau forte, d'après le tableau DU GUIDE, *représentant Judith coupant la tête à Holopherne*, celle du *martyre de Sainte Félicité*, gravée par Marc-Antoine, d'après RAPHAEL; celle du *massacre des Innocents*, par le même graveur, d'après le même peintre. Ils n'oublieront pas, sur-tout, l'estampe nouvellement gravée à Rome de ce dernier sujet, traité avec peu de figures, mais toutes de la plus vive expression, d'après N. POUSSIN.

C'est par distraction, sans doute, que le Critique n'a point cité les peintres anciens, dont les ouvrages auraient probablement excité en nous, s'ils nous fussent parvenus, une *admiration douce, calme, bienfaisante et durable*, tels que *Nicias*, le Michel-Ange athénien, qui avait représenté l'enfer comme Homere l'a décrit : *Aristide* de Thebes, qui peignit une ville prise d'assaut, et les batailles d'Alexandre contre les Perses : *Philoxene*, disciple de Nicomaque, qui peignit pour le Roi Cassandre la bataille d'Arbelles où Alexandre défit Darius; *Panœnus*, frere de Phidias, qui peignit la bataille de Marathon; *Timomachus* de Bysance, qui avait représenté Médée furieuse, prête à égorger ses enfants, etc.

C'est par distraction encore, que le Critique n'a point cité les auteurs du fameux grouppe du Laocoon ; car c'est sur-tout devant cet immortel ouvrage que l'on sent son ame se pénétrer de ce *doux recueillement, de cette volupté intérieure, de cette admiration calme, bienfaisante et durable*, à laquelle le Critique a très-bien prouvé, comme le lecteur l'a vu, que devaient se borner les effets produits par les arts du dessin.

(Page 16, vers 23.)

Ces peintres s'ils vivaient me paraîtraient blâmables;
Ils sont morts, donc ils sont en tout point admirables;
Nos anciens ont tout dit, ont tout fait pour le mieux.

Ce n'est pas une manie nouvelle de ne vanter que les hommes et les choses de l'antiquité ou qui viennent de loin : mais le besoin de rabaisser des vivants qui leur sont supérieurs par la comparaison des morts qui ne blessent plus leur amour-propre, ou des étrangers qu'ils ne peuvent rencontrer sur leur chemin, est le besoin qu'éprouveront toujours ces gens beaucoup moins jaloux de la gloire de leur patrie, que des petits intérêts de leur sotte vanité.

(Page 16, vers 27.)

. . . . Car qu'un sot public juge,
Que l'on peut regarder ce tableau de Déluge
. . . . , ...

(Voyez tout le feuilleton du Publiciste, du 4 octobre), il serait trop long de le citer ici en entier. Nous regrettons beaucoup que nos rimes aient nécessairement affaibli la justesse et la force des expressions dont se sert le Critique.

(Page 18, vers 15.)

. . . . Il nous donne enfin ce noir mélange
D'objets tous effrayans *calqués sur Michel-Ange.*

« . . . . Tout cela n'est point sans motif : c'est *du*
« *Michel-Ange* qu'a voulu faire M. Girodet. . . . . Ce sont

« des tableaux de Girodet que nous demandons, et non pas « des tableaux de *Michel-Ange*. . . . . mais en imitant « *Michel-Ange* pour le dessin et la composition, il aurait *bien* « *dû* aussi en imiter *le coloris.* » (Feuilleton du Publiciste, du 27 octobre 1806).

Le coloris de Michel-Ange ! n'est-ce pas ainsi que M. Jourdain, *après avoir fait à Dorante ses révérences à la turque,* lui souhaite la force des serpents, et la prudence des lions.... Personne n'ignore que le coloris était la partie faible du talent de Michel-Ange; mais y eût-il réussi comme Paul Véronèse et le Titien, ce mérite n'aurait toujours été que secondaire dans les ouvrages de cet homme prodigieux, qui possédait à un degré éminent les parties les plus nobles comme les plus difficiles de l'art, et dont le génie extraordinaire a trouvé le moyen de faire excuser les plus grands défauts par les beautés les plus sublimes. D'ailleurs, quant à l'imitation que M. Girodet a pu faire de Michel-Ange, nous n'avons rien à répliquer, c'est une chose connue de tout le monde......

Avant lui Juvénal avait dit en latin
Qu'on est assis à l'aise aux sermons de Cotin.

BOILEAU.

(Page 18, vers 17.)

Mais qu'il fasse un tableau qu'on puisse célébrer,
Ce n'est point son talent que je veux admirer.

« Tout cela prouve, me dira-t-on, que M. Girodet.... est « en état de faire de très-beaux ouvrages, *qu'il les fasse donc !* « *ce sont ses ouvrages et non ses talents que je veux admirer* ». (Feuilleton du Publiciste, du 4 octobre 1806).

Voici une distinction très subtile entre le talent et les ouvrages d'un artiste. Nous avions cru jusqu'à présent que les productions d'un maître, quoiqu'inégales entre elles, pouvaient cependant donner la mesure de son mérite; et que *lorsqu'on voulait admirer ses ouvrages,* on voulait aussi et par conséquent *admirer son talent.*

(Page 18, vers 24.)

Vîte un flacon d'Ether, vîte un rouleau des Carmes,
C'est Zoë qui se meurt . . . .
. . . .

Nous ne croyons pas que la scene *de Déluge* ait été cause d'un malheur semblable, quoique le Critique assure qu'on ne peut *fixer* ce tableau *sans horreur;* l'auteur serait sans doute aussi affligé qu'étonné, que son ouvrage eût produit au Muséum le même effet que les Euménides d'Eschile produisirent sur le théâtre d'Athenes, la premiere fois qu'on les y représenta. Mais il n'aura pas appris sans plaisir, que deux soldats regardant son tableau dans un profond silence, l'un d'eux, après quelques moments, le rompit enfin, en s'écriant énergiquement : Tonnerre de D..., la f... position ! Ah ! cette pauvre mere ! Puis s'adressant à son camarade : Tiens, viens-t'en, ça me fait mal.

(Page 19, vers 10.)

Messieurs, que pensez-vous de ce vaste tableau
Que le public paraît, malgré moi, trouver beau;
Je ne mesure point les peintures à l'aune.
. . . .

Le beau tableau de M. Gros n'a guere été moins maltraité, par plusieurs censeurs, que le tableau de M. Girodet. M. Gros est homme, et par conséquent dans son ouvrage, comme dans tous les ouvrages humains, il doit se trouver des imperfections; mais, sans nous établir juges entre ses Critiques et lui, nous nous bornerons à dire ici notre opinion avec quelques détails sur cette belle production, qui honore à la fois et l'artiste et l'école à laquelle il appartient. Sans doute les espérances qu'avait données l'auteur de la peste de Jaffa ont été réalisées par l'auteur du tableau d'Aboukir. Cette grande machine peut rivaliser, quant à l'ordonnance générale, avec celle que le Brun a développée dans ses fameuses batailles d'Alexandre, plus louées dans leur temps qu'elles ne l'eussent été de nos jours. Quant au dessin, à l'expression des têtes, à l'intérêt qu'offrent les groupes particuliers, nous osons affirmer que la compa-

raison que l'on peut faire de le Brun à M. Gros, tourne complétement à l'avantage de ce dernier. Le dessin de le Brun est généralement mou, rond, lourd; il n'est point sans grandeur, mais il n'est tout au plus *que l'étui des belles formes*, si l'on peut s'exprimer ainsi. Le dessin de M. Gros est toujours naturel, et de plus, il est grand, savant, énergique; l'expression des têtes de le Brun, dans ses batailles, est souvent la même, et souvent aussi dégénere en grimace; l'expression des têtes de M. Gros est toujours juste, vive et variée. Une seule, dans son combat d'Aboukir, celle du fils du Pacha, nous paraîtrait avoir un peu d'affectation, bien facile d'ailleurs à corriger; mais combien ce léger défaut est amplement racheté par celle de son vieux pere, dans laquelle la vérité et la force de l'expression sont portées au plus haut degré : ce n'est plus là de la peinture, c'est la nature même, c'est un chef brave et malheureux, enflammé de colere et de honte. Comme lui, le spectateur est prêt d'arrêter les lâches fuyards qui l'exposent presque seul aux coups de l'ennemi. Que l'on compare cette tête admirable et véritablement vivante, avec celle jadis si vantée de ce satrape fuyant que le Brun a représenté sur le premier plan de sa bataille d'Arbelles ; et que l'on juge sans prévention. Quant aux mouvements des figures et aux groupes particuliers, la différence est aussi sensible, et encore à l'avantage de M. Gros. Les batailles de le Brun sont remplies de figures purement *académiques*, il a des poses et des attitudes *de prédilection ;* celles de M. Gros sont sensiblement plus conformes à la nature. Il n'y a, dans les batailles d'Alexandre, aucun groupe à comparer, pour l'intérêt, à celui du pacha de Romélie et de son fils dans le combat d'Aboukir. Cet épisode heureux fait sur-tout honneur au génie de M. Gros, qui a su ainsi, à l'exemple d'Homere et de Raphaël, tempérer, par l'image des sentiments qui honorent le plus l'humanité, les tableaux effrayants qu'offrent les scenes terribles de la guerre. L'Alexandre du passage du Granique de le Brun est louable sans doute, mais sa tête, quoique belle, n'a peut-être point assez le calme d'un héros, et d'un héros tel qu'Alexandre. M. Gros nous paraît plus heureux dans la figure du général Murat. Tel que le Turnus de Virgile, il sourit noblement au danger :

Olli subridens sedato pectore Turnus.

La même différence existe entre le dessin des chevaux qu'entre celui des hommes dans les tableaux des deux artistes. Les chevaux de M. Gros sont pleins de chaleur et de vie, on les entend hennir. Voudra-t-on actuellement comparer la couleur de ces deux maîtres? Celle de le Brun est lourde, terne, monotone, généralement tirant sur la brique; celle de M. Gros est chaude, transparente, variée. Cet artiste semble, pour cette partie de l'art, tenir le milieu entre Rubens et Paul Véronese; et, lorsqu'il sera mort, on ne le trouvera peut-être inférieur à aucun de ces deux illustres rivaux. Mais, s'il était vrai que la fougue de son pinceau l'entraînât quelquefois dans des tons trop brillants, combien cette légere imperfection resterait d'ailleurs préférable au défaut opposé! Enfin rapprochera-t-on la touche, la maniere de peindre de ces deux artistes? le pinceau de l'un est souvent mou, empesé, je dirais presque, nonchalant; celui de l'autre est plein de verve, brillant et facile, et tout cela sans maniere, sans exagération et sans prétention. Parlerons-nous des costumes? le Brun est inexact, théâtral; il paraît avoir dédaigné les monuments qui auraient pu, à cet égard, rectifier ses idées. Je n'en veux, pour exemple, que son Alexandre dans la tente de Darius, dont les héros sont costumés comme, il y a vingt ans, on aurait pu les voir à l'opéra. M. Gros est par-tout scrupuleux observateur du costume; il a représenté ceux des Orientaux, si favorables à la peinture, avec la plus exacte fidélité, et a su tirer du nôtre, malgré les difficultés qu'il offre aux artistes, le parti le plus heureux.

En nous résumant, si l'auteur du combat d'Aboukir (sans-doute faute du temps nécessaire pour le terminer à son gré,) a pu laisser, dans ce bel ouvrage, quelques imperfections légeres, loin d'imiter ces gens moroses, dont le premier besoin est de blâmer, et que les beautés qu'ils sont forcés de recon-

naître dans tel ouvrage du premier ordre, qu'ils admirent en secret, affligent; répétons, avec un grand poëte, cette maxime trop oubliée de nos jours, maxime qui est la regle éternelle de tous les Critiques honnêtes et vraiment dignes de ce nom :

> Ubi plura nitent in carmine, non ego paucis
> Offendar maculis.

Quant à nous, pleins de la plus haute estime pour les talents supérieurs de M. Gros, nous formons des vœux pour qu'il donne souvent à des Critiques injustes l'occasion de le critiquer, et en même temps ainsi, aux amateurs zélés de l'art, aux vrais connaisseurs, et aux artistes dignes de l'apprécier, et qui aiment sa personne autant qu'ils admirent ses ouvrages, l'occasion aussi de le venger de leurs attaques, et de lui rendre la justice éclatante qu'il mérite.

(Page 19, vers 18.

A mes yeux éblouis, en vain aura brillé
. . . .
La nature jamais, à notre œil qu'elle éclaire,
N'offre le vif éclat d'un arc en ciel en terre.
. . . .
Comme dans les forêts, en vides inégaux,
. . . .
Par l'effet du hasard qui n'est que la nature,
La nature qui n'est que l'effet du hasard.

« La nature n'éblouit pas notre œil *par un arc en ciel terrestre... L'amateur des renoncules et de tulipes qui s'oublie devant une plate-bande émaillée, diaprée, brillante de toutes les couleurs crues, éprouve un plaisir peu partagé...* Dans un combat, un choc de cavalerie, il y a sans doute du fracas... Là, comme par-tout où le hasard dispose, *la nature, c'est-à-dire le hasard,* ordonne des groupes et des repos. Dans une forêt, les arbres sont dispersés, mais par groupes, et avec des intervalles inégaux... *Les jeunes maîtres qui pro-*

« *mettent*, etc. » (Feuilleton du Publiciste du 19 septembre 1806.)

C'est la premiere fois que nous voyons comparer la disposition des groupes d'une bataille à celle des arbres d'une forêt. Que dirons-nous *du hasard qui n'est que la nature*, ou *de la nature qui n'est que le hasard? Et ce même hasard ou cette même nature*, qui, selon le Critique, *réunit ou sépare de la même maniere des soldats qui se battent et des arbres qui poussent?* PULCHRÈ! BENÈ! RECTÈ! Certes, voici une théorie lumineuse! elle me rappelle une excellente leçon, que donnait un des anciens professeurs de notre École de peinture *avant qu'elle dégénérât*, pour apprendre à bien composer. « Prenez, « disait-il à ses éleves, un paquet d'allumettes; ayez une table, « dont le plan soit tantôt uni, tantôt inégal, selon le sujet que « vous avez à traiter, et dont il faut que vous soyez d'ailleurs « bien pénétrés; jetez alors votre paquet d'allumettes délié sur « votre table, avec force, avec véhémence, si vous voulez re- « présenter une bataille, une scene de mouvement quelconque; « avec flegme, avec mesure, si vous voulez peindre un sujet « tranquille, et capable de n'exciter dans l'ame que cette *vo- « lupté intérieure, cette admiration calme, bienfaisante et du- « rable* que vousgoûtez devant les ouvrages des grands maîtres. « Chaque brin d'allumette vous représentera une figure de votre « tableau, soit isolée, soit groupée. *La nature, c'est-à-dire le « hasard*, vous aura mieux servi que toutes les réflexions pos- « sibles. Vous pourrez dire alors comme Racine, ma tragédie « est achevée, je n'ai plus que les vers à faire. » Quel dommage que Raphaël, Poussin, Michel-Ange, Léonard de Vinci, etc., n'aient point connu cet admirable secret! Mais qui peut affirmer qu'ils ne l'ont point employé? Le fait est au moins douteux.

Retournons à notre sujet. Nous ne voyons pas comment un ton *brillant, sur le vêtement d'un Turc*, devrait déplaire, parce qu'il a plu à la nature *d'en orner une tulipe* ou *une renoncule*. Nous ignorons (tant nous sommes ignorants!) ce que c'est qu'*un arc en ciel terrestre*. M. le Critique, au contraire,

est savant, très-savant, prodigieusement savant. C'est pourquoi nous sommes surpris qu'il paraisse ignorer, ou du moins ne s'être pas ressouvenu, que LE POUSSIN avait écrit de Rome, en 1665, une lettre à *Félibien*, dans laquelle se trouve ce passage remarquable. « Nous avons ici N. qui écrit sur les œuvres des « peintres modernes, et de leurs vies : *son style est ampoulé*, « *sans sel*, *sans doctrine ; il touche l'art de la peinture comme* « *celui qui n'en a ni théorie*, *ni pratique*. Plusieurs qui ONT « OSÉ *y mettre la main*, ONT ÉTÉ RÉCOMPENSÉS DE MOQUERIE, « COMME ILS ONT MÉRITÉ ».

FIN.

www.ingramcontent.com/pod-product-compliance
Ingram Content Group UK Ltd.
Pitfield, Milton Keynes, MK11 3LW, UK
UKHW021315190726
13839UKWH00007B/1847

9 782329 563145